Analyse de l'œuvre
Par Irène Lazzari

À l'ombre des jeunes filles en fleurs

de Marcel Proust

lePetitLittéraire.fr

Analyse de l'œuvre

Par Irène Lazzari

À l'ombre des jeunes filles en fleurs

de Marcel Proust

Rendez-vous sur lepetitlitteraire.fr et découvrez :

Plus de 1200 analyses
Claires et synthétiques
Téléchargeables en 30 secondes
À imprimer chez soi

MARCEL PROUST

ÉCRIVAIN FRANÇAIS

- **Né en 1871 à Paris**
- **Décédé 1922 à Paris**
- **Quelques-unes de ses œuvres :**
  - *Du côté de chez Swann* (1913), roman
  - *Albertine disparue* (1925), roman
  - *Le temps retrouvé* (1927), roman

Issu d'une famille aisée et cultivée, Marcel Proust fréquente très jeune des salons aristocratiques où il y rencontre artistes et écrivains. Dès son enfance, sa santé est particulièrement fragile et il connaitra, durant toute sa vie, de graves difficultés respiratoires. Profitant de sa fortune familiale, il consacre tout son temps à l'écriture et entreprend, en 1907, l'écriture de son œuvre *À la recherche du temps perdu*. Cette vaste fresque romanesque se compose de sept tomes, lesquels furent publiés entre 1913 et 1927, les quatre derniers étant parus de manière posthume. L'œuvre romanesque de Marcel Proust est gigantesque ; comportant plus de deux cents acteurs, elle offre une réflexion sur le temps, la mémoire affective, les fonctions de l'art, et propose également une méditation sur des sentiments humains tels que l'amour, la jalousie, l'homosexualité et le sentiment d'échec. Pour toutes ces raisons, Marcel Proust s'est imposé comme l'un des plus grands écrivains du XXe siècle et est considéré à travers le monde comme le plus représentatif de la littérature française. On dénombre en effet plus d'ouvrages théoriques à son sujet que sur tout autre écrivain français, tant sa postérité fut retentissante.

À L'OMBRE DES JEUNES FILLES EN FLEURS

LES PREMIÈRES AMOURS ET LA PREMIÈRE RECONNAISSANCE LITTÉRAIRE

- **Genre** : roman
- **Édition de référence** : *À l'ombre des jeunes filles en fleurs*, Paris, Le Livre de Poche, 1992, 667 p.
- **1ʳᵉ édition** : 1919
- **Thématiques** : aristocratie, société, amour, jalousie, art, écriture, souvenirs, maladie

À l'ombre des jeunes filles en fleurs est le deuxième tome de l'ensemble romanesque *À la recherche du temps perdu*, composé de 7 volumes et trois mille pages. Publié en 1919, il obtient la même année le prix Goncourt, lequel marque le début d'une reconnaissance prestigieuse qui ne cessera de croitre au fil du temps. Le roman poursuit fidèlement le récit du premier tome, *Du côté de chez Swann*, et inclut donc les mêmes personnages tout en y ajoutant de nouveaux.

La question de l'autobiographie a souvent été discutée, car le narrateur possède certaines caractéristiques similaires à celles de Marcel Proust. En effet, le récit se déroule du point de vue interne, c'est-à-dire avec le pronom personnel « je », et le narrateur, en plus de se nommer Marcel, est également un écrivain à la santé fragile, issu d'une famille aisée et fréquentant les salons aristocratiques de l'époque. Cependant, Proust a toujours précisé que l'écrivain et l'homme étaient deux entités différentes et qu'il serait bien réducteur de voir dans son œuvre une quelconque intention autobiographique. *À l'ombre des jeunes filles en fleurs* continue, un siècle plus tard, d'être lu partout dans le monde grâce à des dizaines de traductions et demeure un des grands classiques de la littérature française.

RÉSUMÉ

Le roman est divisé en deux parties. La première, « Autour de Mme Swann », relate les relations du narrateur avec des personnages de la société parisienne et plus particulièrement avec Gilberte Swann, pour qui il éprouve un amour qui se dégrade peu à peu. Dans la seconde, « Nom de pays : Le pays », il s'installe à Balbec et expérimente une existence très solitaire, jusqu'à ce qu'il rencontre des jeunes filles avec qui il se lie d'amitié. Parmi celles-ci, une en particulier, prénommée Albertine, l'intéresse ; il en tombe amoureux.

AUTOUR DE MME SWANN

Les parents du narrateur reçoivent la visite de Monsieur de Norpois. Marcel est alors âgé d'une quinzaine d'années, mais il écoute attentivement le visiteur parler de Monsieur et Madame Swann, des amis dont ses parents se sont éloignés au fil du temps. Secrètement amoureux de leur fille, Gilberte, Marcel laisse entendre à Monsieur de Norpois qu'il aimerait être reçu chez les Swann, mais ce dernier semble ne pas réagir. Ensemble, ils ont une longue conversation au sujet de Bergotte, un écrivain très connu que Marcel admire énormément, bien que Monsieur de Norpois ne partage nullement cette admiration. S'en suit alors une discussion sur l'avenir de Marcel que ses parents prédestinent à une carrière diplomatique alors que le jeune homme a des dons d'écriture et envisage davantage un avenir littéraire. Marcel est cependant en proie au doute, car sa motivation est fluctuante, mais se sent rassuré de savoir qu'un gros héritage familial, celui de sa tante Léonie, le préservera toujours de la pauvreté.

Au cours de ses promenades sur les Champs-Élysées, Marcel flirte avec Gilberte Swann, à la recherche constante d'un contact avec le corps de cette jeune femme qu'il apprécie tant et qui semble l'apprécier également. Le narrateur ressent les premiers symptômes de l'asthme, maladie qui l'incommodera durant toute sa vie, et se fait soigner par le docteur Cottard, un homme très peu cultivé, mais très reconnu dans son domaine, qui propose à Marcel un traitement malheureusement peu efficace que dans un premier temps.

Marcel éprouve une immense joie à l'idée d'être invité par Gilberte, de manière de plus en plus fréquente, chez ses parents, les Swann, dont la réputation se ternit en raison de leurs affiliations aux républicains. Chez eux, il fait la rencontre de Bergotte, cet écrivain éminent qu'il admire tant, mais il est désagréablement surpris par son physique, son allure et son élocution étrange. Ce dernier remarque l'esprit vif et le potentiel de Marcel et se montre particulièrement attentionné envers le jeune homme, sous l'œil admiratif de ses parents. Les visites se font donc de plus en plus assidues.

Avec son ami, Albert Bloch, un jeune homme qui déplait à la famille de Marcel, ils se rendent dans une maison de passe très médiocre où le narrateur fait la rencontre de Rachel, une des pensionnaires. Gilberte est de plus en plus contrariée par la fréquence des visites de Marcel chez elle et souhaite mettre un terme à cette relation en limitant les rapports à de simples échanges épistolaires, ce qui fait grandement souffrir Marcel. Lorsque celui-ci constate que Gilberte est en compagnie d'un jeune homme, il est épris d'une forte jalousie et part se consoler avec des filles de joie.

NOM DE PAYS : LE PAYS

Deux années se sont écoulées entre les deux parties du récit et Marcel est parti à Balbec, avec sa grand-mère qu'il aime profondément, afin de soigner son asthme. Ils résident au Grand-Hôtel de Balbec, dans une chambre qui ne lui est pas familière et où il peine à trouver ses repères, mais il est séduit par la proximité de l'océan et la convivialité des repas pris au bord de l'eau, dans la véranda. La timidité du jeune homme l'empêche de sympathiser avec des jeunes qu'il aimerait pourtant connaitre. Il rencontre, sur un malentendu, Madame de Villeparisis, la maitresse de Monsieur de Norpois, une femme très libérale d'une largeur d'esprit qui le séduit. Ensuite, il se lie d'amitié à son neveu, Robert de Saint-Loup, mais lorsqu'Albert Bloch rejoint Marcel à Balbec, ce dernier tente de les diviser en disant tour à tour du mal de l'un et de l'autre.

Depuis son arrivée, Marcel a remarqué une bande de jeunes filles et se sent particulièrement attiré par l'une d'entre elles en raison de sa beauté. Il mène une vie très décousue, allant se coucher au petit matin, mais justifie sa paresse par sa santé médiocre. Il fait la rencontre d'Elstir, un peintre renommé, grâce auquel il fait la connaissance d'Albertine, la jeune fille qu'il observe depuis longtemps, ainsi que d'Andrée et de Gisèle, ses amies. Marcel passe beaucoup de temps avec ce groupe de filles, au point de délaisser sa grand-mère. Ensemble, ils se rendent sur la plage et dans le casino de l'hôtel pour passer du bon temps ; Marcel est parfaitement heureux.

Lors d'un goûter entre amis, Albertine lui glisse dans la main un petit billet avec le message « Je vous aime bien ». Plus tard, alors que la jeune fille doit passer une nuit au Grand-Hôtel, elle invite Marcel à venir lui rendre une visite dans sa chambre. Le jeune homme est euphorique à l'annonce de cette proposition et, le moment venu, tandis qu'elle est allongée sur le lit, il tente de l'embrasser, mais essuie un refus brutal. Dès lors, il se détournera d'elle quelque temps et reportera son intérêt sur Andrée, espérant éveiller de la jalousie chez Albertine.

La saison se termine, les chambres du Grand-Hôtel se vident une à une, le casino ferme ses portes et le temps devient pluvieux. Les filles, Albertine la première, quittent Balbec, laissant

Marcel de plus en plus seul, jusqu'à ce qu'il décide de rentrer à Paris. Tous les efforts mis en œuvre afin de se rapprocher d'elle n'ont servi à rien et Marcel en garde un goût amer.

ÉTUDE DES PERSONNAGES

MARCEL, UN NARRATEUR QUI ASPIRE À L'ART ET À L'AMOUR

À l'ombre des jeunes filles en fleurs est un récit écrit à la première personne : c'est donc à travers ce « je » que les émotions, les sentiments et les descriptions sont vécus et relatés. Le narrateur, héros du roman, se prénomme Marcel et son âge, dans ce tome-ci, se situe à la fin de l'adolescence. Son entrée dans le monde des adultes est marquée par des ambitions bien précises puisqu'il aspire à devenir un artiste, et plus particulièrement un écrivain. Cependant, en raison des préoccupations propres à son adolescence, il est fortement troublé par la quête de l'amour et son attirance envers des jeunes filles occupe une grande partie de ses pensées.

De nature très curieuse, Marcel aime écouter les conversations des personnes qui l'entourent afin d'apprendre à connaitre le fonctionnement de la vie en société. Très ambitieux, aussi, il souhaite être intégré aux sphères sociales qui gravitent de près ou de loin autour de ses parents, et en particulier à la famille Swann, d'abord parce qu'il est très attiré par Gilberte, la fille de Monsieur Swann, ensuite parce qu'il voue une grande admiration à son père, Charles Swann. Ce dernier, un dandy fortuné, élégant, discret et fin connaisseur des arts, fréquente de près l'aristocratie parisienne. Dès lors, Marcel s'intéresse beaucoup à ce personnage, puis aux artistes que ce dernier reçoit chez lui, tel que l'écrivain Bergotte.

Marcel est également un jeune homme très attaché à ses souvenirs d'enfance et de jeunesse et son imagination est extrêmement féconde, surtout lorsqu'il est amoureux. Sa sensibilité et sa timidité l'empêchent parfois de trouver sa place parmi les gens qu'il côtoie, en particulier avec les jeunes gens de son âge. Atteint d'une maladie asthmatique qui entrave son quotidien, il se réfugie parfois derrière celle-ci pour légitimer sa paresse. D'autre part, sa fortune familiale le met à l'abri de la précarité et il souhaite consacrer sa vie à l'écriture.

Du point de vue sentimental, Marcel est un personnage très jaloux qui ne supporte pas la compétition et qui a du mal à faire confiance aux femmes. Il doute beaucoup de la sincérité de celles-ci et en particulier d'Albertine, qu'il soumet à un interrogatoire afin de connaitre son emploi du temps, présent et passé. Il espionne ses faits et gestes et la comble de cadeaux en espérant acheter sa docilité.

CHARLES SWANN

Le personnage de Charles Swann est très présent dans le tome précédant (*Du côté de chez Swann*) et demeure omniprésent dans l'ensemble du cycle, principalement dans *À l'ombre des jeunes filles en fleurs*. Dandy fortuné, il est propriétaire d'un château près de Combray et fréquente de près l'aristocratie parisienne ainsi que les artistes et écrivains de l'époque. On ne lui connait aucune activité professionnelle à l'exception de la rédaction d'une biographie d'un peintre flamand qui demeurera inachevée. De nature très charmeuse, il incarne un personnage de dandy fortuné qui plait énormément à Marcel. Après avoir collectionné les conquêtes féminines, il épouse Odette de Crécy, une demie mondaine quelque peu opportuniste. Leur mariage est à l'origine d'un déclin social, car celui-ci fut très mal perçu par la petite bourgeoisie et les parents de Marcel.

Conscient du rejet dont est victime son épouse, il se défait de sa compagnie lorsqu'il se rend à des diners mondains ou en société. S'il se montre très discret à Combray, il mène à Paris une vie de mondain où il côtoie les plus grandes célébrités.

Proust s'est inspiré du personnage réel Charles Hass, un de ses contemporains qui fréquentait assidument les salons littéraires. Également juif fortuné, le jeune homme vivait dans la mondanité sans exercer aucune profession.

GILBERTE, UN PREMIER AMOUR CRUEL

Gilberte est la fille de Charles Swann et d'Odette de Crécy. Après avoir longuement entendu parler d'elle, Marcel rêve de la rencontrer. Il fait sa connaissance pour la première fois lors d'une promenade sur les Champs-Élysées et cette rencontre reste gravée dans sa mémoire.

Gilberte est une adolescente qui a conscience de sa beauté et de son effet sur Marcel. Dès lors, elle abuse quelque peu de ses charmes pour jouer avec les sentiments du jeune homme, notamment en le repoussant puis en le faisant revenir auprès d'elle pour un goûter au domicile familial. Vite lassée de ses visites fréquentes, elle lui fait sentir que sa venue n'est plus souhaitable. De plus, elle se montre particulièrement cruelle avec le narrateur en lui faisant de fausses confidences : tandis que Marcel pense à juste titre être très apprécié des parents de la jeune fille, celle-ci lui répond que ses parents ne l'apprécient guère et qu'ils seraient même ravis de savoir que leur fille a cessé de le fréquenter.

De nature assez charismatique, la jeune fille aime plaire aux hommes et Marcel apprendra bien plus tard, via la femme de chambre de Gilberte, que cette dernière voyait très fréquemment un autre homme durant sa relation avec le narrateur. Gilberte se conduit comme une enfant gâtée avec Marcel et leurs rapports se dégradent au point de se limiter, finalement, à quelques lettres. Marcel espère que Gilberte finisse enfin par l'implorer de revenir, mais elle n'en fera jamais rien. Comble de la cruauté, lorsqu'elle invite une dernière fois Marcel à venir chez elle, lequel est alors chargé de cadeaux en vue d'une réconciliation, Gilberte est au bras d'un autre jeune homme à proximité du point de rendez-vous.

Dans *À la recherche du temps perdu*, le personnage de Gilberte incarne le premier amour auquel est confronté le jeune Marcel, avec ce qu'il peut avoir de plus passionnel, mais aussi de plus cruel. En effet, l'expérience vécue avec Gilberte sera source d'énormément de souffrance.

ALBERTINE, UNE BELLE ÉNIGME

Albertine Simonet est une jeune fille qui fait partie de la bourgeoisie. Marcel la rencontre pour la première fois à Balbec avec sa bande, à cheval sur une bicyclette. Il s'agit d'un personnage important puisqu'elle réapparaitra dans tous les autres tomes d'*À la recherche du temps perdu*. Le narrateur la décrit longuement après l'avoir observée régulièrement depuis sa chambre d'hôtel. Son apparence physique est énigmatique, comme en témoigne cet extrait descriptif :

> Mais le plus souvent aussi elle était plus colorée, et alors plus animée ; quelquefois seul était rose, dans sa figure blanche, le bout de son nez, fin

comme celui d'une petite chatte sournoise avec qui l'on aurait eu envie de jouer ; quelquefois ses joues étaient si lisses que le regard glissait comme sur celui d'une miniature sur leur émail rose, que faisait encore paraître plus délicat, plus intérieur, le couvercle entr'ouvert et superposé de ses cheveux noirs ; il arrivait que le teint de ses joues atteignît le rose violacé du cyclamen, et parfois même quand elle était congestion-née ou fiévreuse, et donnant alors l'idée d'une complexion maladive qui rabaissait mon désir à quelque chose de plus sensuel et faisait exprimer à son regard quelque chose de plus pervers et de plus malsain, la sombre pourpre de certaines roses, d'un rouge presque noir ; et chacune de ces Albertines était différente comme est différente chacune des apparitions de la danseuse dont sont transmutées les couleurs, la forme, le ca-ractère, selon les jeux innombrablement variés d'un projecteur lumineux. (pp. 586-587)

Très intelligente, Albertine a des goûts raffi-nés en matière de peinture et d'habillement. Cependant, le narrateur la trouve mal élevée et impertinente, et n'apprécie pas son langage argotique. En effet, lors du second rendez-vous, il est décontenancé par un ton rude qu'il ne lui connaissait pas. Il est aussi très déstabilisé quant à la possibilité qu'elle soit homosexuelle. Au casino, par exemple, Albertine s'adonne une danse assez lascive avec son amie Andrée. Ses relations avec sa bande d'amies sont perçues comme ambigües et Marcel doute de plus en plus de sa moralité et des tromperies dont elle est capable. De plus, Albertine tient parfois des propos antisémites, notamment lorsqu'elle dit être dégoutée par Bloch, l'ami de Marcel, en raison de son appartenance à la communauté juive, puis par ses sœurs.

Albertine partage un trait de caractère avec Gilberte puisqu'elle aussi se montre assez déroutante en matière de séduction : lorsqu'elle invite Marcel à la rejoindre dans sa chambre et que celui-ci tente de l'embrasser, elle se refuse violemment. Elle aussi a conscience du désir qu'elle est capable de susciter chez un homme et en joue.

BERGOTTE, SANS EN AVOIR L'AIR

Bergotte est un écrivain réputé que Marcel rencontre pour la première fois chez les Swann. Homme doux et doté d'une grande bonté, il fait une dédicace au jeune homme qui l'admire malgré la jalousie qu'il éprouve lorsqu'il apprend que Bergotte et Gilberte visitent souvent de vieux monuments ensemble.

Bergotte n'est pas du tout apprécie par Monsieur de Norpois ; ce dernier ne cesse de le critiquer, remettant en doute ses qualités littéraires et son intelligence, car, selon lui, son esprit est confus, il est parfois vulgaire et ses livres sont ennuyeux. Influencé par Monsieur de Norpois, le père de Marcel est également très sévère à son égard, mais se radoucit subitement lorsque Begrotte fait les louanges de Marcel en vantant son intelligence.

Marcel est très surpris par son apparence physique qui est loin de correspondre à ce qu'il avait imaginé : il est petit, râblé, myope, son nez est rouge et il porte une barbiche noire. Il est aussi surpris par sa voix qui lui semble être totalement différente de sa manière d'écrire. Marcel dit d'ailleurs de lui : « Bergotte n'avait pas l'air d'un Bergotte » (p.167), témoignant ainsi de la déconstruction de la représentation fantasmée qu'il avait de cet écrivain pourtant admirable.

Bien qu'il ne s'agisse pas d'un personnage très présent dans le roman, il n'en demeure pas moins important puisque c'est sous l'impulsion de ses encouragements que Marcel décide de devenir écrivain également, délaissant le rêve de ses parents de faire une carrière diplomatique. Bergotte revient dans la deuxième partie du roman : il rend visite à Marcel, à sa mère et à sa grand-mère au Grand-Hôtel de Balbec.

ELSTIR, PEINTRE IMPRESSIONNISTE

Elstir est un peintre renommé qui devient l'ami de Charles Swann. Marcel le rencontre pour la première fois à Balbec et est très impressionné par son talent, au point de lui écrire une missive, lors d'un diner, afin de lui témoigner avec enthousiasme toute son admiration et lui demander la permission de lui présenter ses hommages.

Elstir incarne le talent et l'exaltation : une anecdote révèle qu'il a emmené en pleine nuit un modèle au bord de la mer afin qu'elle pose nue au clair de lune. Marcel est extrêmement heureux et touché de la générosité d'Elstir lorsque celui-ci l'invite à venir visiter son atelier. Là-bas, Marcel y fait une découverte déconcertante en constatant qu'un de ses anciens tableaux représente Odette de Crécy, la future femme de Charles Swann.

C'est Elstir qui, à la demande de Marcel, présen-
tera le narrateur à Albertine.

- 35 -

CLÉS DE LECTURE

PROUST ET LA BIOGRAPHIE

À la recherche du temps perdu est un cycle romanesque qui représente un continuum temporel, allant des souvenirs d'enfance à Combray jusqu'à l'âge adulte et la vie à Paris, et qui fait interagir entre eux près de trois mille personnages. Malgré les fortes similitudes que le narrateur partage avec l'auteur, Proust a toujours démenti une quelconque ambition autobiographique. Cependant, lui-même ne savait pas vraiment quel terme pouvait le mieux décrire son travail et sa correspondance de l'époque, datée de 1909 – soit un an après le début de la rédaction du premier tome –, révèle une ambiguïté puisqu'il évoque « tout un long livre », « pas un roman », mais malgré tout « un roman », ou encore « un important ouvrage (disons un roman, car c'est une espèce de roman) ».

Il est difficile de fermer les yeux sur les différences fondamentales qui existent entre le Marcel qu'on lit et le Marcel qui écrit : le premier n'est ni juif ni homosexuel. Du reste, dans *À l'ombre des jeunes filles en fleurs*, Balbec est une ville imaginaire. En effet, elle est décrite comme une station balnéaire située en Normandie et les séjours que passait Marcel Proust à Cabourd l'ont fortement inspiré dans la création de cette ville romanesque.

Benoit de Sainte-Beuve, un célèbre critique du milieu du XIXe siècle, expliquait que l'œuvre d'un écrivain faisait écho à sa vie et qu'il était nécessaire, pour l'appréhender, de s'intéresser à l'auteur et à son vécu. Cette méthode d'approche des textes se fondait donc sur la recherche de l'intention poétique – aussi appelée intention-niste – et une lecture biographique. Or, dans son célèbre essai Contre Sainte-Beuve, Marcel Proust rétorque :

> L'œuvre de Sainte-Beuve n'est pas une œuvre profonde [...] cette méthode méconnaît ce qu'une fréquentation un peu profonde avec nous-mêmes nous apprend : qu'un livre est le produit d'un autre moi que celui que nous mani-festons dans nos habitudes, dans la société, dans nos vices. [...] En aucun temps, Sainte-Beuve ne semble avoir compris ce qu'il y a de particulier

> dans l'inspiration et le travail littéraire, et ce qui
> le différencie entièrement des occupations des
> autres hommes et des autres occupations de
> l'écrivain.

LE PORTRAIT DES JEUNES FILLES EN FLEURS

Proust est un écrivain qui accorde une grande importance au descriptif dans son œuvre. Proche des artistes peintres de son temps – notamment de Pablo Picasso –, amateur d'art et habitué des salons parisiens, il ponctue ses romans de nombreux moments de contemplation ou de références à des œuvres d'art réelles ou fictives. Le personnage d'Elstir, dans *À l'ombre des jeunes filles en fleurs*, est inspirés par des peintres im-pressionnistes tels que Claude Monet, Édouard Manet ou Auguste Renoir. Proust lui-même, lorsqu'il dresse le portrait d'un personnage, s'applique à en donner une description très complète, aussi bien lorsqu'il s'agit de décrire un visage qu'un corps.

Des portraits changeants

Les descriptions font place à des portraits qui se lisent et qui laissent voir, à la manière d'un peintre, les particularités physiques du personnage en ayant recours, parfois, à des termes empruntés à l'univers pictural. C'est notamment le cas du portrait de Rachel, la fille de joie qu'il rencontre dans une maison close, et dont les cheveux noirs sont « irréguliers comme s'ils avaient été indiqués par des hachures dans un lavis, à l'encre de Chine ». Lorsque Marcel fait une description d'Albertine tandis qu'elle se tient en bord de mer, il compare son profil à ceux des femmes de Paul Veronèse, un peintre italien du XVIe siècle. Quant à Gilberte, il l'assimile à Mélusine, un personnage féérique issu d'une légende médiévale souvent représenté dans l'art pictural et sculptural – entre autres par Jean d'Arras, Julius Hübner, ou encore Ludwig Michael von Schwanthaler –. Si Proust choisit de recourir à l'image de Mélusine, ce n'est pas uniquement pour évoquer superficiellement ce motif : Mélusine est une femme serpent en lien avec le mythe de la Faute originelle tel qu'il est présenté dans la Bible, et l'on devine dès lors une forme de culpabilité associée à la sexualité.

Mais cette tendance à mêler à la littérature la peinture ne concerne pas uniquement les personnages. En effet, à de nombreux moments, le narrateur compare des endroits qu'il découvre à des scènes de tableaux. C'est le cas lorsque Marcel est invité à goûter chez les Swann et que Gilberte le fait entrer dans la salle à manger : « Et elle nous faisait entrer dans la salle à manger, sombre comme l'intérieur d'un Temple asiatique peint par Rembrandt ».

Dès lors, les scènes d'apparition d'un nouveau personnage sont l'occasion, pour le narrateur, de dresser un portrait. En ce sens, Marcel est un esthète qui cherche la beauté dans le quotidien et *À l'ombre des jeunes filles en fleurs* est particulièrement représentatif de cette curiosité et de cet attrait pour la gent féminine, puisque le récit se situe à l'époque de son adolescence, c'est-à-dire à un moment où le jeune homme commence à ressentir du désir et de la fascination pour l'autre sexe.

D'ailleurs, Marcel évoque ces instants où il tente de capturer la beauté de l'être aimé et fait un parallèle entre la personne observée et la personne remémorée :

> « La manière chercheuse, anxieuse, exigeante que nous avons de regarder la personne que nous aimons, notre attente de la parole qui nous donnera ou nous ôtera l'espoir d'un rendez-vous pour le lendemain, et, jusqu'à ce que cette parole soit dite, notre imagination alternative, sinon simultanée, de la joie et du désespoir, tout cela rend notre attention en face de l'être aimé trop tremblante pour qu'elle puisse obtenir de lui une image bien nette. Peut-être aussi cette activité de tous les sens à la fois, et qui essaye de connaitre avec les regards seuls ce qui est au-delà d'eux, est-elle trop indulgente aux mille formes, à toutes les saveurs, aux mouvements de la personne vivante que d'habitude, quand nous n'aimons pas, nous immobilisons. » p.103)

Enfin, Marcel est dans un état d'exaltation lorsqu'il se trouve avec Albertine au coin d'un feu et le visage rond de celle-ci lui semble tellement mouvant qu'il le compare aux figures que peignait Michel Ange, emportées par une « immobile et vertigineux tourbillon ».

LA SATIRE DE LA BOURGEOISIE ET DE L'ARISTOCRATIE

Le roman prend place dans la société bourgeoise du début du XXe siècle et nombreux sont les personnages issus de l'aristocratie. Marcel Proust lui-même vient d'une famille fortunée, très cultivée et bien intégrée dans les salons mondains ; cependant, il ne manque pas d'user parfois de l'ironie pour décrire cette société et va jusqu'à faire une satire, c'est-à-dire une critique moqueuse, de l'hypocrisie régnante cette sphère sociétale.

Une admiration conditionnée

Le narrateur commence en douceur avec une anecdote sur ses parents qui, d'abord réticents à l'idée que leur fils fréquente l'écrivain Bergotte qu'ils jugent médiocre, se montrent ensuite subitement admiratifs à son égard lorsque celui-ci vante l'intelligence de Marcel. Ce changement soudain d'avis sur l'écrivain ne repose que sur un compliment destiné à leur progéniture et en tant que parents soucieux de leur image, ils souhaitent être entourés d'individus valorisants.

Le qu'en-dira-t-on ?

Lorsque Monsieur Swann épouse Odette de Crécy, la petite bourgeoisie se montre très sceptique à l'égard de cette femme qui n'est qu'à demi mondaine. En raison de ce mariage, les parents de Marcel s'éloignent de Monsieur Swann.

Lui-même est conscient du déclin social dont il est victime à cause de son épouse et se rend seul aux réceptions auxquelles il est invité afin de ne pas affronter les moqueries d'autrui.

Les titres de noblesse

Proust utilise un procédé comique pour montrer l'absurdité des titres de noblesse. Lorsque le narrateur se promène sur les Champs-Élysées avec Françoise, la cuisinière de sa tante Léonie, et qu'ils se rendent aux toilettes, une vieille dame « à joues plâtrées, et à perruque rousse » se met à lui parler. Françoise révèle alors que cette « madame pipi » est en réalité une marquise qui appartient à la famille de Saint-Ferréol. Le comique de la situation résulte du décalage flagrant qui oppose le statut de la vieille dame à son physique décalé et à son travail. Du reste, Proust emploie les guillemets lorsqu'il évoque cette marquise afin de mettre en évidence la supercherie.

Lorsque le narrateur évoque une princesse de sang qui dîne régulièrement chez Madame de Guermantes, il regrette que cette dernière soit conviée uniquement en raison de son titre et non pour son esprit. Marcel ajoute même : « Mais avec la naïveté des gens du monde, du moment qu'on la recevait, on s'ingéniait à la trouver agréable, faute de pouvoir se dire que c'est parce qu'on l'avait trouvée agréable qu'on la recevait » (p.127). Ainsi, Proust dénonce-t-il cet archaïsme creux propre aux personnes mondaines consistant à s'entourer de personnages pour leur titre uniquement.

À Balbec, Marcel est témoin de la venue de la princesse de Luxembourg, laquelle arrive en calèche et lui tend la main. Cette dernière remplit les poches du jeune homme de sucres d'orges et de petits paquets ficelés. Malgré son jeune âge, Marcel remarque la condescendance de cette princesse qui part se promener tandis que quelqu'un l'abrite sous une ombrelle.

L'INCOMPRÉHENSION DE L'AMOUR ET LA JALOUSIE EXCESSIVE

Marcel est donc un adolescent préoccupé par des questions sentimentales et des désirs charnels. Lorsqu'au début du roman, Monsieur de Norpois évoque la famille Swann, Marcel se souvient de la jeune Gilberte et, dans son processus de remémoration, il pense à elle de manière bien précise. En l'apercevant ensuite sur les Champs-Élysées, il doit confronter la représentation idéalisée de ses fantasmes à la jeune femme qu'il regarde et est déçu, comme si l'imaginaire avait trop nourri son désir pour elle et que la réalité objective le rattrapait. Cependant, il éprouve énormément de désir pour Gilberte et tandis qu'ils jouent ensemble, il ne peut s'empêcher de chercher le contact avec son corps. Les mains sont déjà quelque peu baladeuses et le désir du jeune homme s'intensifie à mesure que les corps se touchent.

Une quête difficile

L'amour, chez Marcel, nait d'abord d'un sentiment de frustration qui participe à l'intensité du sentiment : avec Gilberte, la frustration de ne pas la rencontrer plus rapidement donne lieu à de nombreux fantasmes, tandis qu'avec Albertine, le fait de l'observer des jours durant sur la plage participe à faire d'elle une quête qu'il faut s'approprier. La facilité, en amour, est exclue. Dès lors, quand Marcel se rend dans une maison close et fait la rencontre d'une des pensionnaires, Rachel, il n'éprouve aucun plaisir à conquérir cette femme déjà offerte. La force de l'amour résulte forcément de la difficulté qu'il a à obtenir ce qu'il désire.

Son rapprochement avec Gilberte le rend heureux puisque celui-ci préfigure une relation amoureuse à venir, mais lorsqu'il sent que celle-ci s'éloigne, il est encore plus déterminé à la conquérir. Lorsque, sous la volonté de Gilberte, leurs rapports se limitent à des missives, Marcel fait preuve d'orgueil en espérant que ce soit elle qui le supplie de revenir. Cette envie d'être avec elle devient une source de souffrance.

Avec Albertine, l'approche est similaire puisque la jeune femme semble jouer au chat et à la souris avec Marcel, ce qui ne manque pas de l'énerver. Sa déception n'en est que plus grande lorsqu'il est invité à la rejoindre dans sa chambre et que celle-ci, malgré ce que la situation laissait penser, se refuse à ses baisers.

Une jalousie dévorante

Que ce soit avec Gilberte ou avec Albertine, Marcel éprouve une jalousie dévorante qui nuit à son bien-être et à la complicité naissante qu'il partage avec ces jeunes filles. Il ne cesse de questionner Gilberte sur ses rendez-vous, tente de connaitre son emploi du temps et se montre suspicieux à son égard. Quand il l'aperçoit avec un autre jeune homme, il se rend dans une maison close pour tenter de l'oublier.

Avec Albertine, le narrateur est en proie à beaucoup de questionnements quant à sa moralité, la soupçonnant d'entretenir des relations sexuelles avec les amies de sa bande. Sa jalousie et sa possessivité envers Gilberte trouvent néanmoins un fondement tangible lorsqu'il apprend, bien plus tard, que celle-ci voyait un autre homme plus souvent que lui. Une fois encore, Marcel fait preuve d'orgueil et de manipulation avec Albertine puisque, lorsqu'elle se refuse à lui, il lui préfère subitement Andrée, son amie, et espère que ce changement radical éveille en elle des regrets.

PISTES DE RÉFLEXION

QUELQUES QUESTIONS POUR APPROFONDIR SA RÉFLEXION...

- Qui reconnait Marcel sur un des tableaux de l'atelier d'Elstir ? Qu'est-ce que cela implique ?
- Dans quelles circonstances Marcel fait-il la connaissance de Rachel ?
- Pourquoi Marcel se moque-t-il de sa grand-mère lorsque celle-ci pose pour une photographie et quelles sont les raisons qu'a cette dernière de vouloir être immortalisée de la sorte ?
- Les deux parties du roman sont-elles dépendantes l'une de l'autre ?
- De quelle manière la thématique de l'homosexualité est-elle abordée par Proust ?
- Comment se manifestent l'orgueil et la jalousie du narrateur ? Quelles en sont les conséquences ?
- Comment décririez-vous le style de Marcel Proust ?
- Où se trouve Balbec et quelle est la particularité du Grand-Hôtel où il réside ?

- Pour quelle raison Albertine décide-t-elle de prendre une chambre au Grand-Hôtel ?
- Quelles sont les similitudes et les différences que partagent le narrateur et l'écrivain ?
- Pourquoi Marcel souhaite-t-il rencontrer Bergotte ?
- Marcel voue une grande admiration à Monsieur Swann, pourquoi ?
- Que ressent Marcel pour Odette de Crécy ?

Votre avis nous intéresse !
Laissez un commentaire sur le site de votre
librairie en ligne
et partagez vos coups de cœur sur les réseaux
sociaux !

POUR ALLER PLUS LOIN

ÉDITION DE RÉFÉRENCE

- PROUST M., *À l'ombre des jeunes filles en fleurs*, Paris, Le Livre de Poche, 1992, 667 p.

ÉTUDES DE RÉFÉRENCE

- *Correspondance de Marcel Proust, établie, annotée et préfacée par Philip Kolb*, Paris, Plon, 21 vol., 1970-1993 ; t. VIII, p. 250
- ERMAN M., *Le Bottin des lieux proustiens*, La Table ronde, 2011
- HENRY A., *La Tentation de Proust*, Paris, PUF, 2000
- MIGUER-OLLAGNIER M., *La Mythologie de Marcel Proust*, Paris, Les Belles Lettres, coll. « Annales littéraires de l'Université de Besançon », 1982, 425 p.
- PRIEUR J., Marcel avant Proust, suivi de Proust, *Le Mensuel retrouvé*, éditions des Busclats, 2012
- TAMRAZ N., *Proust Portrait Peinture*, Paris, Orizons, coll. Universités/Domaine littéraire, 2010

- VAGO D., *Proust en couleur*, coll. « Recherches proustiennes », , 2012
- VULTUR, I., *La réception de la Recherche : une question de genre ?* sur https://www.cairn.info/revue-poetique-2005-2-page-239.htm [consulté le 18 octobre 2018]
- ZAGDANSKY S., *Le Sexe de Proust*, Gallimard, 1994

SUR LEPETITLITTÉRAIRE.FR

- Fiche de lecture sur *Du côté de chez Swann* de Marcel Proust.
- Fiche de lecture sur *Le Temps retrouvé* de Marcel Proust.

Retrouvez notre offre complète sur lePetitLittéraire.fr

- des fiches de lectures
- des commentaires littéraires
- des questionnaires de lecture
- des résumés

ANOUILH
- Antigone

AUSTEN
- Orgueil et Préjugés

BALZAC
- Eugénie Grandet
- Le Père Goriot
- Illusions perdues

BARJAVEL
- La Nuit des temps

BEAUMARCHAIS
- Le Mariage de Figaro

BECKETT
- En attendant Godot

BRETON
- Nadja

CAMUS
- La Peste
- Les Justes
- L'Étranger

CARRÈRE
- Limonov

CÉLINE
- Voyage au bout de la nuit

CERVANTÈS
- Don Quichotte de la Manche

CHATEAUBRIAND
- Mémoires d'outre-tombe

CHODERLOS DE LACLOS
- Les Liaisons dangereuses

CHRÉTIEN DE TROYES
- Yvain ou le Chevalier au lion

CHRISTIE
- Dix Petits Nègres

CLAUDEL
- La Petite Fille de Monsieur Linh
- Le Rapport de Brodeck

COELHO
- L'Alchimiste

CONAN DOYLE
- Le Chien des Baskerville

DAI SIJIE
- Balzac et la Petite Tailleuse chinoise

DE GAULLE
- Mémoires de guerre III. Le Salut. 1944-1946

DE VIGAN
- No et moi

DICKER
- La Vérité sur l'affaire Harry Quebert

DIDEROT
- Supplément au Voyage de Bougainville

DUMAS
- Les Trois Mousquetaires

ÉNARD
- Parlez-leur de batailles, de rois et d'éléphants

FERRARI
- Le Sermon sur la chute de Rome

FLAUBERT
- Madame Bovary

FRANK
- Journal d'Anne Frank

FRED VARGAS
- Pars vite et reviens tard

GARY
- La Vie devant soi

GAUDÉ
- La Mort du roi Tsongor
- Le Soleil des Scorta

GAUTIER
- La Morte amoureuse
- Le Capitaine Fracasse

GAVALDA
- 35 kilos d'espoir

GIDE
- Les Faux-Monnayeurs

GIONO
- Le Grand Troupeau
- Le Hussard sur le toit

GIRAUDOUX
- La guerre de Troie n'aura pas lieu

GOLDING
- Sa Majesté des Mouches

GRIMBERT
- Un secret

HEMINGWAY
- Le Vieil Homme et la Mer

HESSEL
- Indignez-vous !

HOMÈRE
- L'Odyssée

HUGO
- Le Dernier Jour d'un condamné
- Les Misérables
- Notre-Dame de Paris

HUXLEY
- Le Meilleur des mondes

IONESCO
- Rhinocéros
- La Cantatrice chauve

JARY
- Ubu roi

JENNI
- L'Art français de la guerre

JOFFO
- Un sac de billes

KAFKA
- La Métamorphose

KEROUAC
- Sur la route

KESSEL
- Le Lion

LARSSON
- Millenium I. Les hommes qui n'aimaient pas les femmes

LE CLÉZIO
- Mondo

LEVI
- Si c'est un homme

LEVY
- Et si c'était vrai…

MAALOUF
- Léon l'Africain

MALRAUX
- La Condition humaine

MARIVAUX
- La Double Inconstance
- Le Jeu de l'amour et du hasard

MARTINEZ
- Du domaine des murmures

MAUPASSANT
- Boule de suif
- Le Horla
- Une vie

MAURIAC
- Le Nœud de vipères

MAURIAC
- Le Sagouin

MÉRIMÉE
- Tamango
- Colomba

MERLE
- La mort est mon métier

MOLIÈRE
- Le Misanthrope
- L'Avare
- Le Bourgeois gentilhomme

MONTAIGNE
- Essais

MORPURGO
- Le Roi Arthur

MUSSET
- Lorenzaccio

MUSSO
- Que serais-je sans toi ?

NOTHOMB
- Stupeur et Tremblements

ORWELL
- La Ferme des animaux
- 1984

PAGNOL
- La Gloire de mon père

PANCOL
- Les Yeux jaunes des crocodiles

PASCAL
- Pensées

PENNAC
- Au bonheur des ogres

POE
- La Chute de la maison Usher

PROUST
- Du côté de chez Swann

QUENEAU
- Zazie dans le métro

QUIGNARD
- Tous les matins du monde

RABELAIS
- Gargantua

RACINE
- Andromaque
- Britannicus
- Phèdre

ROUSSEAU
- Confessions

ROSTAND
- Cyrano de Bergerac

ROWLING
- Harry Potter à l'école des sorciers

SAINT-EXUPÉRY
- Le Petit Prince
- Vol de nuit

SARTRE
- Huis clos
- La Nausée
- Les Mouches

SCHLINK
- Le Liseur

SCHMITT
- La Part de l'autre
- Oscar et la Dame rose

SEPULVEDA
- Le Vieux qui lisait des romans d'amour

SHAKESPEARE
- Roméo et Juliette

SIMENON
- Le Chien jaune

STEEMAN
- L'Assassin habite au 21

STEINBECK
- Des souris et des hommes

STENDHAL
- Le Rouge et le Noir

STEVENSON
- L'Île au trésor

SÜSKIND
- Le Parfum

TOLSTOÏ
- Anna Karénine

TOURNIER
- Vendredi ou la Vie sauvage

TOUSSAINT
- Fuir

UHLMAN
- L'Ami retrouvé

VERNE
- Le Tour du monde en 80 jours
- Vingt mille lieues sous les mers
- Voyage au centre de la terre

VIAN
- L'Écume des jours

VOLTAIRE
- Candide

WELLS
- La Guerre des mondes

YOURCENAR
- Mémoires d'Hadrien

ZOLA
- Au bonheur des dames
- L'Assommoir
- Germinal

ZWEIG
- Le Joueur d'échecs

ISBN version numérique : 9782808014854
ISBN version papier : 9782808014861
Dépôt légal : D/2018/12603/503

Conception numérique : Primento,
le partenaire numérique des éditeurs.

Ce titre a été réalisé avec le soutien de la Fédération Wallonie-Bruxelles, Service général des Lettres et du Livre.